¿Cuándo llegará la primavera?

Catherine Walters

Traducción de María A. Fiol

LECTORUM
PUBLICATIONS, INC.
111 EIGHTH AVE., NEW YORK, NY 10011-5201

—Alfie, entra —dijo Mamá Osa—. Es hora de ir a dormir.
Cuando te despiertes, ya habrá llegado la primavera.

—¿Cuándo llegará la primavera? —preguntó Alfie—,
¿y cómo lo sabré?

—Cuando el campo se llene de flores y las abejas y
las mariposas revoloteen en lo alto, ya habrá llegado
la primavera —contestó Mamá Osa.

Entonces, Alfie se acurrucó
junto a su mamá para dormir...

...pero cuando se despertó,
no estaba seguro de si la primavera
había llegado o no. De puntillas, se
encaminó a la entrada de la cueva,
se frotó los ojos medio cerrados
y vio...

¡LA PRIMAVERA!

—¡Ya llegó la primavera! ¡Ya llegó la
primavera! —gritó Alfie—. ¡Mamá Osa,
despiértate! ¡Mira todas las flores
y las mariposas!

Pero cuando Mamá Osa salió, sólo pudo ver
los copos de nieve que caían suavemente.

—El invierno apenas acaba de empezar —dijo ella—.
Alfie, vete a dormir otra vez.

—¿Pero *cuándo llegará* la primavera? —quiso saber Alfie.
Soñolienta, Mamá Osa murmuró:

—Cuando lleguen las golondrinas y los pájaros comiencen
a cantar, *entonces* habrá llegado la primavera.

Alfie se acurrucó
de nuevo para dormir...

...y cuando se despertó,
estaba seguro de que ya
había llegado la primavera.

Avanzó lentamente por el suelo,
se asomó afuera
y vio...

¡LA PRIMAVERA!

—¡Mamá Osa, despiértate! —chilló Alfie—.
¡Ya llegó la primavera! Los pájaros están
cantando en los árboles.

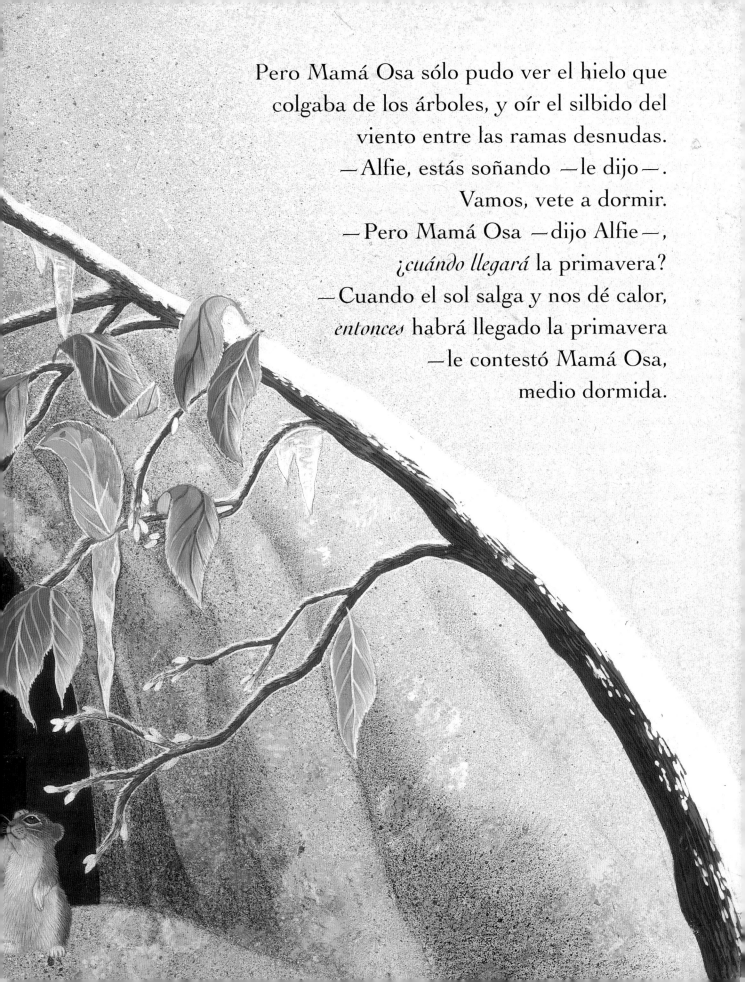

Pero Mamá Osa sólo pudo ver el hielo que
colgaba de los árboles, y oír el silbido del
viento entre las ramas desnudas.
—Alfie, estás soñando —le dijo—.
Vamos, vete a dormir.
—Pero Mamá Osa —dijo Alfie—,
¿*cuándo llegará* la primavera?
—Cuando el sol salga y nos dé calor,
entonces habrá llegado la primavera
—le contestó Mamá Osa,
medio dormida.

Alfie regresó a su madriguera
y se acostó de nuevo...

...y cuando se despertó
estaba totalmente seguro de que
había llegado la primavera.
Lentamente se acercó a la entrada
y vio...

¡LA PRIMAVERA!

—¡Mamá Osa, te has quedado dormida!
—gritó Alfie—. ¡Despiértate! ¡Ya llegó la primavera!
¡Ya salió el sol y el día está precioso!

Pero Mamá Osa sólo pudo ver la hoguera
de los cazadores, y rápidamente alejó a
Alfie del lugar.
—¡Ahora, vete a dormir! —le dijo—.
Yo te avisaré cuando haya
llegado la primavera.

Alfie se durmió y soñó con ráfagas de nieve,
hasta que sintió algo helado en el hocico.
Un pequeño charco de agua se había
formado en la cueva.
Alfie sacudió a su mamá y la despertó.
—Alfie, por última vez, aún *no* ha llegado
la primavera —gruñó Mamá Osa.

Entonces, Mamá Osa se levantó,
y con pasos firmes
se dirigió a la entrada

y vio...

¡LA PRIMAVERA!

Mamá Osa se frotó los ojos
y pestañeó bajo la luz brillante y cálida.
—Al fin ha llegado la primavera
—dijo con una sonrisa—.
Pero.... ¿*dónde* está Alfie?